ZI JIN

The Poems on Wujiang River

乌江集

子衿 著

长江出版传媒 | 长江文艺出版社

子 衿

本名张静，重庆涪陵人，重庆市作家协会会员，
出版《北岩诗集》。曾在《重庆晚报》《重庆旅
游》《重庆法制报》《长江诗歌》等发表作品。

The Wujiang River in silence, as my sterious as an enigma.

河流，静默如谜。

从乌江出发，沉潜或者上升

——序子衿诗集《乌江集》

蒋登科

　　就重庆诗歌的文化遗传来说，长江沿线尤其是三峡地区肯定是最有诗歌底蕴的；而在当下的重庆诗歌版图上，乌江流域的诗人往往特色鲜明，难以复制。在乌江流域，我们都能找到值得关注的诗人，有些已经享誉诗坛，有些正如日中天，有些则潜力可期。涪陵的位置更特殊，它既带着乌江的文化和灵气，又地处长江之滨，两江交汇，拥有大山水，大气势、大交融，是山水的交汇，是文化的交汇，更是诗意的汇聚。

　　我去涪陵的次数不算太多，但每次都会有收获。涪陵是一个可以让你的生活、精神都得到滋养的地方，不仅有榨菜，有白鹤梁、816、乌江画廊、点易洞、武陵山大裂谷，而且有令人惊喜的诗意。

　　在涪陵的诗人中，子衿的创作有一个特点，就是在一定时期内，她总是围绕一个主要题材展开。前些日子，我收到她的诗集《北岩诗集》，是围绕她的家乡涪陵北岩展开的。我手头的这本诗稿叫"乌江集"，自然是以乌江作为主要观照对象的。

　　我到过乌江流域多次，但我不敢说对乌江有多少了解。在我的印象中，乌江峡谷幽深，江流湍急，风光优美，文化独特，隐藏着很多外人难以破解的自然与文化密码。子衿刚打算创作这部诗集的时候，我就答应愿意为诗集写序。其实我是带着一点私心的，希望通过她的诗意解读，获得对乌江及其文化的更多了解。我一直在揣测她使用"乌江"作为书名的缘由。一方面是因为她对乌江有着特殊的情感，她的人生和乌江及其文化有着很深的渊源；另一方面，虽然很多作品不是写乌江的，甚至涉及我所在的北碚，但这些作品延续着作者从乌江文化中获得的精神营养和人生思索。或者说，她无论写什么题材，骨子里都渗透着乌江文化的因子。全书四卷，直接和乌江相关的是"乌江"与"乌江，沉潜或上升"两卷，这恰好是子衿诗歌体验、人生思考的奠基与升华。其他部分也都对乌江有所涉及，尤其是蕴含着诗人从乌江及其文化中获得的人生态度。

乌江及其文化是子衿诗歌的生命之所依，精神之所寄。恰如诗人所说："千万次，身体从江水里接受洗礼/千万次，灵魂从石头里慢慢爬出"（《两尾鱼》）。她的作品关注自然、历史、文化、诗歌、爱情，并由此生发对生命的思索。《龚滩古镇》有这样的诗行："我只能用一支笔/去描摹你的另一种美/用一种语言去表述你的另一种语言/用一种神秘去解读你的另一种神秘//到底，我要怎么/才能真正走进你呢//乌江，你的背后/是千年不变的仰望/是诗和远方/是我们重逢时骤然升华的过程/是我们万水千山后的爱情"，诗人对乌江的神秘情有独钟，总是试图通过自己的感悟去揭示这种神秘的力量。《阿依河》抓住乌江的支流阿依河的蓝展开抒写："一抹抑制不住的蓝，乌江蓝啊/蓝过海的蓝、天的蓝/蓝过新的蓝/蓝过蓝的蓝"，这种近乎极致的赞美体现了诗人对自然山水的爱。在《云水谣》中，作者也写下了这样的诗行："我以纯粹的孤独，感受这一千公里的/长途跋涉。未填完的词/还在江口//一声鸟鸣，我仿佛听见/一群鸟正在大声歌唱/我的云水谣"。在《夜最黑的时候我蓝如蓝》组诗中，诗人把家乡的美描绘到极致，意境高远辽阔，意象奇特奇异，意愿虔诚深情，风骨硬朗，气韵蕴藉：

我最大的欢喜

是在作古的题刻里，把唐宋

像箭一样纵横穿越

这箭是我的枯笔，我行走的江山

......

蓝向前一百米，我跟着移动一百米

仿佛我也变成蓝的一部分

仿佛我也蓝得像青花瓷，蓝过神话

蓝过传说，蓝过冥想

蓝过蓝的一万平方公里，蓝得你

像我头顶的梦

蓝啊蓝,蓝得我像

一种沉默是金的蓝,永不消逝的蓝

日日向着你,晴空般靠近

多少蓝,在今夜沉默

多少蓝,在今夜成河

任何赞美都是有原因的,至少体现了乌江及其文化对诗人的人生、情感的深度影响。

正是这种来自乌江及其文化的独特情感,成为子衿诗歌的底色。她以这种情感、底色作为参照,看世界,看人生,回望自己的经历,梳理自己的情绪,打量自己的人生。恰如她在《边城》中所写:

远山平静,渡口平静

倒影,水面为参照物

一座桥是另一座桥的影子

一座山是另一座山的写照

一座城是另一座城的生命

如果对这首诗作适当延伸,可以这样认为:乌江及其文化是诗人打量历史、现实、人生的“参照物”。这样,我们就可以通过“乌江”这个核心词,通过诗人的诗歌体验、人生态度,把子衿的诗串在一起了。

子衿对山水有着独特的爱好，《小南海》有一行诗泄露了这个秘密："于我，行走就是快乐"。她的作品中有很多是抒写自然山水的，诗人行走四方，于高山、大海、河湖、绿树、沃野、乡村之间释放自己，由此获得人与自然的默契沟通。"我需要某种孤独，彻底地/填满小小的身体/在这广阔田野，像采茶一样/细细采集，人类与自然的甜蜜馈赠/如此奇妙，如此伟大"（《我需要》），这种孤独是一种回味，一种远离，但更是一种亲近。《北碚》有这样的诗行："去北碚吧，挽一山沉默的思念/以诗的名义，抚摸嘉陵江、北温泉/抚摸金刀峡、缙云山/抚摸巴山夜雨//我是你骨头里的一首诗啊/遗落在狮子峰的腰身/荡起秋池清浅//我是你遗落在人间的泪滴/血脉般注入焦渴的土地/等待所有的禾苗/呵绿山川，原野//我是你山中的一棵松/堂堂正正，与缙云寺默默相望/爱，把我们紧紧连贯"，在远离尘世的地方，诗人释放了自己，各种美好的、苦恼的、迷茫的感受涌上心头，流于笔端，于是山水出来了，诗意出来了，泪滴出来了，堂堂正正的人生出来了，深藏心中的爱出来了……在中国传统诗歌中，山水抒写是一个非常重要的主题。子衿认可这种传统，置身自然，沟通天地，与世界对话，人与物合一，身与心合一，抛开牵绊，回归本真，实现情感的舒展，精神的净化。

和一般人相比，子衿对生命的感悟可能更特别一些。病魔带给她无尽痛苦。在《凌晨三点半》《我宁愿把黑黑的长发剃光》《我要用水晶一样的文字去感谢》等作品中，我们可以读到诗人的这种经历和情感。"我独自来到海上/漂泊，我的语言只有海鸥能听到/我的呐喊只有海水能嗅到/我的撕心裂肺只有海风眼睁睁看着/我使出浑身力气逃跑，拼命逃出孤岛/而，孤岛连着孤岛"（《我宁愿把黑黑的长发剃光》），诗人写的是置身医院，那种痛苦、茫然、无助的感觉触动人心。这是一种站在生死边缘的经历，有过这种经历的人，对生命的认识肯定有其独特之处，有些人沉沦、放弃，更有人学会了珍惜、创造。就诗歌文本而言，子衿应该属于后者。

因为这种经历，子衿对人生的感悟更独特。她的爱更深沉，更纯粹，包括对人世之爱，自然之爱，甚至是对整个世界的爱。子衿写自然，写历史，写文化，写父母，写故乡，写爱情，都是这种爱的体现。《当万物沉寂》说："你可以闭上眼，或许/你能听到春天的回声/而这条连续的线//把春和秋结在一起/把至和爱结在一起"，诗意是纯净的，心灵是敞亮的。《小山坡》写给爱人：

死后,请把我葬在

爱情开花的地方

青草为伴,故土相依

以留白为墓碑,以诗魂为陪葬

简单得没有任何记号

坟上,一棵小红豆为我红装

左手,是我的爱人

请把我的诗集一同埋进

我们的坟墓

上面,有我的楷体亲笔:

青青子衿,悠悠我心

满山,金黄的野菊花

正如你的姓氏——金

风一吹,花朵轻轻摇曳

香遍我的小山坡

一方面抒写了诗人对爱人的依恋,肯定了爱情,另一方面也蕴含着诗人对生死的态度,坦然面对。《我像少女一样》则写出了一种纯粹的美好,以淡然之心、深爱之情面对世界:"我像少女一样,把耳朵/伸进森林的第一乐章/我在被暖阳拍打的甜蜜里/我比春风更快地进入春天/像花骨朵在枝头幸福打坐"。

也因为这种经历,子衿对精神世界有了更为纯粹的追寻,她坚持写诗、读诗,以善良的眼光看待世界。在子衿的诗中,我们可以看到她对阅读、对诗歌的特别爱好,《就这样》写道:"深夜,信步走进书房/翻开一本书//封底,雪花纷纷扬扬/我将它靠近心跳/听我的声音",书本带给诗人的是一种和谐,一种交融,一种提升。《那些年》是一组诗,也是自叙传,写的是诗人的人生阅历,有梦想,有失落,有煎熬,更有追寻。其中写到了诗人对历史文化和个体经历的感悟:"通常,我在古代读书/在宋朝行走/在

现代生活/如果，你明白"，我们可以看到文化对诗人的浸
润，也可以换一个角度，感受不同时代的文化在诗人身上
的交织、升华。她写了很多与诗歌有关的作品，《一名画
家》《侧身意外到下一页》《听长江聊天》 等作品和诗人张
远伦及其作品有关，可以看出，她对张远伦的诗有着特别
的喜爱。张远伦来自乌江边上的彭水，他的作品在题材等
方面都容易让子衿产生共鸣。她还写过经常去读书、参加
活动的书院等。在这些诗歌作品中，在广泛的阅读中，子
衿或许找到了灵魂所寻觅的安静，所梦想的美好，也找到
了生命的思考。从这种阅读中，我们也可以或多或少地感
受到她坚持诗歌创作的内在因由。

我不敢说子衿对诗歌历史、诗歌理论有多少研究，但
她对自己的写作确实是很认真的。因为心有亮色，因为反
复打磨，她的作品总体来说显得干净。我所谓的干净，主
要是指她的作品很少枝蔓，往往直切内心，又点到为止，
尽力保持诗的含蓄、内敛特征。《美好正降临头上》 说：
"我喜欢敞开思想/插上飞翔的翅膀，乘坐通感/或许，美好
正降临头上"，思想、想象、通感，都是诗歌写作不可或
缺的元素，诗人将这些元素融合在自己的创作中，从乌江
出发，从内心出发，向着远方前行，向着梦想前行，向着
生命的本真前行，与历史对话，与自然对话，与另一个自
己对话，写出了向内的、向善的、向上的诗篇，虽然不一
定完美，但都有诗歌的品质。

经历过人生艰难的人，尤其是经历过生死考验的人，

更懂得思考人生的价值，更懂得珍惜可能的未来，更愿意卸下人生旅途上那些包袱与面具，更乐意追求单纯且有意味的人生。这是子衿的写作动力，也是她的艺术本色。在一定程度上，诗歌就是她的生命，更是她生命的延续。我期待子衿像她在《思索》一诗中所说：

哦，我不能把青春

延迟到黄昏

也不能把黄昏

提前到正午

我只能毅然拎着当下

拎着自己

向前

只有坚持，才是对生命和艺术的尊重；只有坚持，才能以艺术的方式记录完整而丰富的人生。

2022 年 4 月 8 日，于重庆之北

（蒋登科：诗歌评论家，文学博士，西南大学教授，博士生导师。）

contents

目 录

卷一 乌江

卷二 坐在乌江

卷三　远方呼啸而来

卷四　乌江，沉潜或上升

乌 江

两尾鱼

在离长江 1050 公里的地方
香炉山花鱼洞，诞生了
一尾神奇的鱼——乌江

这鱼啊，日日夜夜行走
跨云、贵、渝、鄂
经四十六县，跃天险
与另一尾鱼——长江
深情交汇

甚至此刻，鱼还在聚合
江水渐渐变冷。沿途
高原、山原、中山、山丘变暗
喀斯特地貌
发育得愈发动人

直到它们在你面前
展开，像画纸
挣脱了束缚，升起
一幅活的江山

两尾鱼呈人形，负阴抱阳
青色与黄色，四季分明
它们拥抱，亲吻，注视
眼眸里伸出生生的疼
像一枚软剑
扎进白鹤梁的胸腔
这是它们曾经渴望的世界

千万次，身体从江水里接受洗礼
千万次，灵魂从石头里慢慢爬出

遥远的山岗，我看见
有手执炉火的人
涉水而来

水，颤抖而流动

灵魂说

比起爱情和大海，灵魂更爱我
他赠我以粮草与命根

这粮仓里，盛满了绝世的孤独

一边说："上帝，让我离群索居"
一边说："回来吧，我的天使"

词语是我的骨肉
长江和乌江是我的血脉

我静默如铁，在孤独的花边
挣扎出一朵小花

我还保留着一把心灵的铁锹
金子般的，不带铁

铲一铲它，字就反光
漆黑的小径就灯盏般亮
挥一挥它，鹧鸪就叫，重庆就下雪

在乌江

每一朵浪花都有乌江的形状

湍急的，平缓的，琥珀状的，珍珠状的

含蓄的，奔放的

我骨骼里的文字，流淌着一条大江

为乌江点笔成金的人，文字里养着一条大江

火焰般敞亮，或铁一样的缄默

许多的舟驶过，展开鱼群的姿势

许多的滩陡峭，掠过风的眼睫

许多的鸟鸣，把爱情的远叫得很近

许多的赤壁叹息，留下金色的惊叹号

许多的炊烟，少女般绕过画廊的腰身

许多的乌云，把骨头里的痛锁进落日的锁孔

许多的晚霞落下金边，像昙花般摇曳在水中央

渡口，月亮

坐在我的词语里

推着我和一船星辉回家

给涪陵

让那些孤独，去爱星辰大海

在住满乡愁的地方，种满爱情的紫云英

香飘那爱的小径。让那些词语，慢慢

长在日子的小缝隙，雨水是它的好兄弟

大地是它的好母亲，每一次松土，都会

有小喜悦。让那些雨吹过的风

吹过我的小村庄、大武陵、三线魂、巴人根、

点易洞

桐花，野菊花星星点点，婀娜摇曳，摇得我

骨头里的诗意涨满乌江的河床。让那些

江水清洗乌鸦的耳朵，用嗓子

叫醒小田溪的清晨，让那些

沉睡的名片惊艳重庆

以及扶摇直上九万里的大鹏。让那些

涪陵榨菜，向世界悄然移动

凭借家乡味把名字叫响。让那些远方

的候鸟，常来看看，带上

长江眼、庄园梦、来看看

我们千呼万唤的

百里画廊、梦里江城

看看我们小镇里的中华
和幸福涪陵

让

让那些蝴蝶，去爱纯洁的花朵

在山楂树下的月光里，水草般漫过

爱的河流。让那些

乌云一样的人，被湿漉漉的清晨

清洗，快赶走蓝蓝的忧伤

让那些小草，去爱苍茫的田野

在碗状的记忆里，唤醒故乡的村庄

让那些在时间的果核里，裹不紧核的人

在多冰霜的年纪，找回少年的自己

让那些青青的江水，奔腾在画廊的传说

从远方，把水声哗啦啦地推近

乡愁的柴扉。让那些梅花样的白云

安放在涪陵蓝的蓝天

带着鹰状的口型，为天空大声歌唱

让那些病痛，去爱孤独的黄昏

把虫一样的伤口，用文字一针针去缝补

让那些诗的芳华，重新回到

青春的礼堂，点燃

我黑黑的灯盏

回忆的雪

到底，雪封锁了路，思想的血肉并不寒冷，36 度

在一月的左边，出现了春天的右面

出现了鹧鸪的鸣叫，雪的衣衫似乎也长出它的形状

我感到幸福的痛行走在乌云的天边

我听到埋藏的瓷，从古代轻轻蹦出微笑的眼睫

千年之后

弹指一挥间，竟是雪一样的惊叫

我想起田野的稻香，蛙声的呢喃，图书馆的常青藤

老城墙的青苔以及跑道上的板鞋舞蹈

雪一步一步，路一寸一寸

露出今天，露出脉络，露出狗尾巴草

太阳覆盖它一身的白。此刻

你已变成雪的模样，层层梯田

榨菜生花，大地露出真实的存在

山楂树下，回忆的雪像清晨般美好

我要感谢雪，要记住

雪一样的纯洁

来吧，我的河流

云朵从天空身上跳出来喝水：咱乌江水
从两岸猿声啼不住，从时间的果核
跳出乌江这个孩子

这孩子，一生热烈
浑身长着大海般的火焰
和不休不止的星辰

风之手，使劲拂着这庞大的火苗，在白昼上升
在夜里，你是一口宁静的塘

我们词语的手指十指紧扣
我们交换爱的絮语，心的枝条

我们爱着水晶一样的时光，我们喝着诗经里的风
像明月，在丝绸般的光中入睡

我用冰水浇灌我的七月
我用锋刃割掉我诗歌的暗疾

我用意境铺垫意象的春天
我用太阳燃烧乌云的灰烬

我用铁锤锤打我文字的阴影
我用荆棘铺满诗歌的栅栏

来吧，我的河流
是时候了

今天，涪陵的雨很大

今天，涪陵的雨很大
大过夏天的天，大于夏雨的总和

你站在时间的岸边，等候
一场雨的来临，来浇灌干渴的大地

我无法在滚烫的白鹤梁，从石梁抽身而去
火焰般的天空，被千万雨丝掀开秋的一页

今天，一万里守望回归
时间的翅膀

我最大的欢喜，是在汹涌的河流里
把宁静放进银色的月亮

我最大的喜欢，是在千呼万唤的雨中
听一首诗与唯美主义赶路

有一天

我以风的速度，静得像古刹里的一株古树
这树，像白月光，镶着蓝宝石样的金边
星子照耀来时的花径，我借一把神的古剑
千万次割它，剜它
以春天的雨露反复洗涤风的枝条，以玫瑰香熏
一万里灰尘
海水是云朵流淌的泪，长江是我奔涌的动脉
乌江是我没有出口的静脉
那里，小山坡的小树林
是我灵魂栖息之地
可以暂时捂住
痛的表皮，那里的鸟鸣
可以擦亮天空般的童话
那里的雨声
可以倾听岸的回声
有一天，或者
我将重生，或死于疾病
或在尼采的路上

这个夏天

乌江的水，天生澄澈得如一面玉镜

鹰一样的山峰及倒影的合金

一群鸟侧身进去，把沙滩上的鹅卵石

用心翻阅，把草丛里的红花蕊

深嗅，把浪花的魂之魄叼走

一只竹筏咫尺，一只空帆遥远

当我们闭目，凝听，它漂浮

如水的梦中。这个盛夏

情深意长，词语的桨

抓住我金色的风帆，在浪的陡峭处

披荆斩棘，勇敢如脱缰之马

黄昏与树林，如落日之指

渐渐暗下去

沉　默

当沉默再次回到我的肉身，我的河流

我感到如此宁静，如此超脱。文字的沙漠

住满了孤独的瓷，所谓

孤独而已

它血脉里流淌着气象万千的磅礴

它思想里潜伏着一万里想象

它把根须伸向精神的土壤

它把闪电伸向自然的神性、哲学的枝条

它小小的身体，从空白渐渐饱满

那时，一条金色的河流将从

大地的沉默喷薄而出

照耀文字的花径。我深信

因为，沉默

是一片广阔的海洋

叫醒重庆

重庆，我要俯视你所有的美丽
那清澈的眼睫，颤抖的呼吸

我要在你的酒窝筑起燕的巢湖
春暖花开，叫醒重庆的左手

我要在你的头上
添上三千青丝与白发
那发上的呢喃，是天空般的爱恋

我要在文字的根须，洒下一粒蔷薇的叹息
风一吹，思念的茎就开始
摇曳，拔节

我要在岸之北，顺着
庄子的逍遥游，裹紧你的生机

我要在嘉陵江边，携东坡的江城子
小轩窗外，词正朗朗

我要在长江上游，沿着一条传统的脉络
散步，思量这沉甸甸的人生

一条支流穿过重庆的腹部

穿过闪电和飞鸟的夏日
乌江进入我的河流。它伸展
炽热的怀抱，跳动起
涪陵的脉搏，榨菜的脉搏

一条支流穿过重庆的腹部，小鸟一样地歌唱
爱情的天空也进来了，蔚蓝的倒影
像蓝色多瑙河
夜合欢在叠唱

白鹤梁坐在我身边，把十八尾石鱼围绕在夜中央
咏出一曲古涪州，咏出一株诗歌之树

那树上，挂满了金色的语言和石榴样的枝条
哦，那是爱情的石榴马
哒哒而过

闪电的嘴唇，时间的弯刀
刻在蓝色地图上，每一个你的名字

星子，已经在北岩的周围
滑落又升起

而我的枯笔，依然
在重庆，在苍茫的大地上
海枯石烂地写

清 晨

我听到湿漉漉的清晨

在深邃的乌江呼唤着我

我看到崭新的清晨

双手挣脱黑夜的缰绳

穿过峡谷的幽深与大海的辽阔

我马不停蹄行进着

在爱的小树林

我热烈追寻着清晨的身影

我要以诗为马，以云为鞭

从清晨之门飞奔而出

借几缕润风，几声雀鸣，驰骋

我词的江山，语的星辰

我看清晨是婴儿

清晨看我是诗歌

乌 江

在乌江这镶着绿色的宝藏中

在乌江这长满明媚的河床中

卧着千里画廊，清晨

那朦胧惊醒一群白鸽

青山仰起美丽的笑脸

笑靥里噙着五月的芬芳

江水弹起思念的歌谣

纤夫般的坚忍

在河底发出喊声

船远了

像一个影

流出夏日的早晨

那喊声，还在每一块岩石上

撞击出悠远的回声

一只白鹭停下来

坐在石头上

竖起耳朵

沉醉在这巨大的甜蜜中

二十二度就够了

春暖花开就够了，乘一朵祥云
乘一万里精神疆域

把词语根植我蔚蓝的想象吧

诗话为酶
以酿葡萄酒的方式
让春天沉浸式慢慢发酵

我需要通过一座桥去完成酝酿
桥上，铿锵闪过：
常来涪陵幸福来临

我需要经过武陵奇、巴人根、乌江韵、长江眼
我需要经过理学源、三线魂、庄园梦、家乡味
我需要经过雨台山、望州关、聚云山、老鹰岩
我需要经过大红灯笼高高挂的爻里小镇
我需要经过神秘的北纬三十度

我还需要，经过北山的故事

采撷一缕缕花香为原料
以乌江水为源泉
以留白为出发点和落脚点

桃花、樱花、海棠纷纷扬扬
富有仪式感地走进窖中
等待捕获
春风吻过的醇香

二十二度就够了
这个过程，足够
我爬坡过坎
虚度一生

龚滩古镇

我承认，我是被
这儿的神秘吸引而来
我以为，我不会走回头路
我以为，我会留下些什么

但事实是，我已记不清多少次
走进一个连绵的故事

我听到的解读，都有一种怀古的情结
这种现象，构成了更深的痴迷
是乌江的背后
是龚滩的背后

一段搬迁的对话，一部历史的折叠
一条缀满土家族文明的老街
就镶嵌于乌江之上

我只能用一支笔
去描摹你的另一种美
用一种语言去表述你的另一种语言

用一种神秘去解读你的另一种神秘

到底，我要怎么
才能真正走进你呢

乌江，你的背后
是诗和远方
是千年不变的仰望
是我们重逢时骤然升华的过程
是我们万水千山后的爱情

脊　梁

江水，顺着乌江的脊梁奔跑
每一朵浪花都是它的孩子
顺流或逆流，已不重要
重要的是

方向相同
生长在这伟大的画廊
是谁？千和里，广和大
在巴渝大地传神着一首古老的歌谣

当巴王千里迢迢定都这里
当小田溪敞开温柔的怀抱
当裂谷伸展狭长的翅膀
当行走的和氏璧惊艳亮相
当书院悠悠延绵着涪陵故事

绝壁千仞，有比翼鸟擦亮双眼
终日绕着画廊飞翔
双双对对，吮吻着青青山色
用生命诠释着伟大的爱情

这片神奇的土地啊
青山为伴，绿水相依

将劳累的一天抱紧吧
将惆怅的背影抱紧吧

你的样子,乌江

黄昏用翅膀笼罩着乌江
群山背后，燃烧的晚霞
映红了天边
像一幅巨大的油画

霞光中，河流的表面呈金色
江舟像鱼一样，来回穿梭

里面，小田溪敞开心扉
迎接古老与现代
折叠，将一段巴人神话
刻入鲜活的天生石头

少年时，我们曾到过那里
暗河，有鱼群出没
它们一身青涩

旁边，篝火点亮了春游
我们，像一群久违林子的鸟儿
咿咿呀呀哼着

校园民谣

白马山遥远，贵州遥远
白云和书院依然在梦中

无数次，我曾带着画板
到过那里，洗涤浑浊
灵魂奇迹般
复活

你在想什么呢？天空安静
画眉停在树枝上，蒲公英
抱着一团柔软的白
甜蜜穿透春天

乌江，你的样子
让我日日夜夜
想抚摸你

我听到两个声音

为什么挥洒在可爱的大地之上
那称之为美好的事物

它是一轮明月
太阳的天使，共同构筑
阴晴圆缺

月缺的时候
我在高高的山岗
等待最初的闪电
收藏一地的纯洁

谁在围绕天使转动
坚如磐石，难道
它不应该被赞美？造福
这伟大的人类

此刻，我听到两个声音说话
一个是河流
一个是诗歌

阿蓬江

春夏，燕子成千上万聚集在
千洞穴，盘旋呢喃
化身传奇

河道，斗折蛇行
绝壁峡江，盈盈秋水
轻舟过往，荡起时代的双桨
激荡两个一百年交汇点

青山高耸，若两龟对卧
似乎，昭示着某些祥瑞

峡里的人类活动，扑朔迷离
据说，始于二十世纪末

而官渡峡、间歇泉
也是乌江的折回点啊

正如我们
在时间的洪流里
折折回回

小南海

不仅岩石，而且大地
自己也震动，红色之浆
跃自古老的地壳

难道这只是
自然才引起震撼？是否

到过这里的人
心也地震？无法想象

在牛背岛背后，倒牵溪
割断了岛与陆的联系
海上，你是那尾漂泊的鱼啊
远离凡尘

至于朝阳岛、老鹤坪
也在向我靠近

这是一件多么幸福的事啊！亲爱

在过往的烟云中，什么让你感动

名位还是别的

于我，行走就是快乐

阿依河

长旗坝至乌江口，二十一公里
从舟子沱乘舟而下
险滩惊魂，长塘微澜
堪称神话

漂流吧，漂流吧
当这个声音大过恐惧
在惊魂未定的激流中
结尾，也令人恐惧

你如今不记得，阿依河
像胸口印着白月光
千里迢迢，众里寻它千百度
一叶扁舟，只为你来

生命的谷底，涌起
荡气回肠的乌江，明亮的

一抹抑制不住的蓝，乌江蓝啊
蓝过海的蓝、天的蓝

蓝过新的蓝

蓝过蓝的蓝

舟　上

高谷至万木之间，是乌江百里画廊
舟上，我仅仅是一个字
时而平定
时而浪小浪高

水，清澈见底
像一面巨大的镜子照云
云蓝进玻璃
我傍在云边，想母亲的桂花树
鸟鸣中的白发

山峰若黛，若马若驼
峭壁上的红百合
花瓣打开就是传说，石头上的忧伤
早已层层风化
平阔的两岸，不再
堆满瓷的寂寞

云有烟雨氤氲
风有云雾缭绕

前世与今生，并非全在山腰
花香一闪
我们已入童话，谁说
江山已老

零星散落的几处农舍
朴素得近乎原始，许
青山也是孤独的，而
一对对水鸟掠过
叫声也对偶

有人把鱼指定为深藏的梦
我如梦，在神话的鳃里
进进出出

坐在舟上，山在廊中行，人在画中走
我看水像湖，水看我像诗歌

哦，爱来时
我们正好
欸乃了一声

致乌江

今夜，江水微微醉
喝下的酒，恰到好处
仿佛，又意犹未尽

有城池在河流暗涌：这个冬天
乌江敞开怀抱，与长江
明暗相交，流淌着诗
与某些自然的神性

从河流的源头，从干净的词语
从高高的山岗，经化屋基、思南
顺流而下

划向遥远，划向那被唤作
白涛的小镇。隔着诗经
雨中，一叶小舟
翩翩而来

此刻，谁在为你奋力摇橹
谁在暮色中，在精神的河流里摆渡

生生世世，摇向

岸那头

这有什么关系呢

乌江奔腾，以回家的方式
晚霞像娇羞的新娘，顶着红盖头
躲进云层深处

芦苇丛摇曳着欢乐
露珠镀银的心跳
铺满格外的早晨

浪花吐出最初的心事
枕着河床，像少女
而爱情，一开口就发芽

远方，有诗
从生活中来，到生活中去
捕获某些喑，或哑

这有什么关系呢？
春天已经盛开过，像丁香

漫漫长夜，病房开始写作
我冬日的伟大诗作

乌江月

小时候，喜欢数星星
长大了，喜欢看月亮

正是八月，有人开始织锦
如果我是乌江，会把月光
抱进最清澈的绣场

如果我是乌蒙山，会把皓月
高高托举，像举着世界冠军
而我是你唯一的衬托

如果我是田野，会把月色
描进禾苗的云裳
绿色是主线，金色是主题

如果我是白涛，会把月儿
织进巍巍山洞
火种为丝，绣出气贯长虹的
精神

如果我是太阳，会把月缺

绣成月圆，绣成嫦娥奔月

绣到地老天荒

关于哲学

一只龟，精通哲学
我所谓的龟，指程颐

你的世界，多霜，多冰凌
或流连于北岩

彼此，多么默契

想象等待天明
越过读画廊、三畏斋

如果，遇见热爱的事物
会和龟促膝长谈，像书生
把美学与理学融合
熬成生动的思想琼浆

石头说：
返回，做一名老师吧

明天，依然继续
思索，是最好的武器

我是那个收集画的人

一路上，江水漫漫
浸染它神性的风骨

间或，武隆传来若有若无的乌江号子
而，我是那个收集画的人

千里，是生命的部分
百里，是壮丽的小部分

从源头，从大娄山、大武陵
一叶扁舟，像影
流出黄昏

岩上，一只大雁
灵动地，与我说话
如此契合，如此平静

收集这画啊，还有长长的路
落日余晖，正好
停歇一下

书　生

距离三百公里的时候
酉阳千呼万唤

或者前世
我是一名秦晋书生
身着布衣，深居岩洞

桃林芳草萋萋，溪水淙淙
像一面天然魔镜，阅尽人生百态

从狭小到广阔，大酉洞向我走来
你得经过问津亭、小洞和夹岸
这，是自然的

坐在美池
炭火映红了爱的脸庞
一位九旬老翁眯着眼，叼着旱烟
仿佛叼着神仙日子

足足半小时，书生

深陷迷津，不愿移步

峰峦叠翠，渔舟泛波
可怜桃花空残枝。如此

灵魂，一次次接受洗涤
思想，一次次接受碰撞

书生啊，请带上竹篓
我们去田园，我们
去陶公祠，捉
蟋蟀吧

信　仰

在你面前，是婀娜的阿依河
清澈明净，绕过山那头
年轻的雨，湿润你古典的睫毛

岸边，我是那个苦苦守候的人
等待捕捉瞬间与永恒，磅礴与微小
旧形与新形，无形与有形，宏观与微观
自然与神性，以及幸福的尾音

后背，有暖流升起
姑娘，请听我说：

一个人，其实需要的多么少
某些事物，如信仰
形影不离

酉阳桃花源

1

走在夹岸，恰如
寻到一方安放灵魂的疆域
由它主宰，治愈我
千年的痛

2

蹲在炉火旁，犹如坐在春天
阿婆与我沏茶，攀谈
佝偻的身躯，仿佛一轮弯月
闪着某些小星星

3

染坊，团扇是我的小欢喜
青花瓷走进扇中
蓝色吊坠，宛若手足

带上它，仿佛携带古老的秦晋
随身起程

4

一碗汤圆，一根腊肠
偷走我的味蕾
亭外，炊烟叠翠，小桥流水
田垄飞鸟，桃花渔舟
我是画中人，也是
握着画笔和自己的人

5

一本书，一盏茶，一个人
坐在陶公学堂，仿佛
坐在渊明身旁
听先生一席
古诗话

6

躬耕园，油菜整齐地坐在冬天
水草是他的兄弟，等待

农夫春天般的手掌

将他们撸醒，哗啦啦

拔节

7

我没有看见藏书，却看见西阳天书

泛黄的宣纸，一行行稀世古字

带我穿越两千年前

举杯邀明月

对影成三人

与秦人把酒言欢

试问，今世何年

8

廊亭，桃形木块镌刻两字

刻下我们，犹如刻下

来生

9

岩洞，伸出天空般的巨手

轻轻触摸我黑黑的长发

可我怎么也够不着它
我想把一首诗放在里面
慢慢生长

边　城

1

推窗，清江似一位蒙着面纱的
姑娘，静默，不语
像极了我的妹妹
微澜轻伏，一浪推向一浪
日日夜夜行进

2

拉拉渡，或者原始
一根缆绳，牵动三岸
金色的阳光，小狗，船夫
纯粹，自然
夕阳也感动得老泪纵横

3

青石板，青石墙，青瓦房

吊脚楼，石堡城
老城墙像一位年逾古稀的老人
坐在渡口，娓娓诉说
边城，翠翠
河东，河西
原汁原味，扑朔迷离
像游魂，终于寻到
最后的皈依

4

惊喜，来自一棵挂在水边的树
圆圆的脸盘，橙色的
一串串，串起新年
梦里，不知
身是客

5

远山平静，渡口平静
倒影，水面为参照物
一座桥是另一座桥的影子
一座山是另一座山的写照
一座城是另一座城的生命

6

没有行囊，没有预言
说走就走，这像极了
多年以后的我们
或者，余生

卷二

坐在乌江

坐在乌江

坐在乌江，或渡口
一坐就是半天，让我的思绪
坐在河流，坐在深谷，坐在险滩
坐在群山，坐在飞鸟，坐在苍穹
也坐在灵魂深处
我不能在骨折的冬天到来
也不能在繁忙时刻到来
我只能借天高云海，借一片浮云
借一缕春风
带上我小小的笔记
来看你，看着就好
轻轻地，你来了
轻轻地，我走了

这一天

这一天，像个问题隔在对岸，像荒草
我想着北，想着岩

我想到生，想到也许葬于无花果，或热爱
核的小墓碑，或钟声里的小汉字

突然，鸟鸣好似花开的声音
一听就喜，震醒了我的骨头

我唱出和声，一股暖流涌上
胸口，涌进白鹤梁

这一天，远了，近了
这一天，旧了，新了

北碚

从第一次踏上这片土地
从缙云山，从二十年前
迎着白云生处的千呼万唤
北碚，呼之欲出

安放我和爱人暖暖的梦
在诗歌的边缘
千万次，梦回他乡

去北碚吧，挽一山沉默的思念
以诗的名义，抚摸嘉陵江、北温泉
抚摸金刀峡、缙云山
抚摸巴山夜雨

我是你骨头里的一首诗啊
遗落在狮子峰的腰身
荡起秋池清浅

我是你遗落在人间的泪滴
血脉般注入焦渴的土地

等待所有的禾苗

呵绿山川，原野

我是你山中的一棵松

堂堂正正，与缙云寺默默相望

爱，把我们紧紧连贯

我是你屋檐下的燕儿啊

等待春天幡然而来

唤醒我心灵的北碚

我，还是你西窗的一剪梅

身在这花园之城

吮吸亲亲的味道

染红商隐的诗行

北碚，仿佛画卷装点

比如，蓝蓝的天上挂着悠悠白云

比如，金刚碑黄昏陶醉落日

比如，北温泉酝酿重庆故事

比如，文明奠定你灵魂基石

比如，精神之花开遍这片大地

如果，我再也拿不动笔了

请允许我

枕着你，书写你
枕着你，书写你

致南山

这不是星子的天堂，也不是黑夜的地狱

一座城堡，像一位

老僧隐藏深山，藏着

很古的禅意，像个问题掉进山崖

它面容清秀，肋骨里

透着超凡不俗与落日样的孤寂。它的门口

意犹未尽，让我看见

生活不只苟且，还有

远的远方。它的衣衫，落下许多的鸟声

它的体内，充满四季的回声

它的脚踝，风吹过紫藤和宁静

月色朦朦，蝉声明亮

落叶簌簌，草虫黯然

茶水，从风的指尖飘出淡淡馨香的苦涩

它有一个好听的名字，南山

我喜欢坐在山中，与病魔的枝条

挣扎，与一棵老槐树参悟，与明月对吟成三人

褪去身外之物，仿佛一尘不染

仿佛，我的手更白白净净，连文字

也愈发干净起来

雪

雪，一阵比一阵汹涌
从 45℃的重庆，一级一级蔓延

这是雪从未来过的葡萄架
堆满了磅礴的呼吸

葡萄叶成了雪的叶子
葡萄枝条也成了雪的枝条

一场雪，天空等了整整一百年
我只看见雪静在那里，一脸宋朝的表情
把澎湃的羽毛折叠

雪为爱而生，像一只古刹中走出来的白鹭
所有的白，在大海体内奔腾
所有的黑，像甲骨文成册

这是盛夏，雪已经完全融化
褪去身上所有的乌云

冷得颤抖，冷得一夜发白
冷进冷的尖刀，冷得一病不起

黑暗的人，不配从它身边经过

这场雪

那年，雪盖住了返校的路
对于南方，雪是稀罕

而这场雪来得浓烈，来得深厚
一步下去，深不见底

稻田、冬水与动物们披上厚厚的雪大衣
白菜像一朵开花的雪，纯洁地开
什么也不说，只是紧紧地裹紧日子

远处，起伏的山充满了雪的枝条
一些雪，溜进蕨类植物、地衣和花骨里睡觉
像新生的软绵绵的雪婴儿
一些雪，爬上松枝的眉头
伸展懒腰

雪丰满了小溪、山坡、田野
雪丰满了村庄、炊烟、人间

雪，足足一尺

雪，神秘无踪

一个女人俯下身子
用纤细的手捧起它
犹如捧起时间的碎片
听，有小草从它的指缝里蹦出一只手来

每一片雪花都是一个声音
它周围的碎片，飞溅如花

风吹过寺院坪

你从海拔 1664 米进来
身上站满竹、野花和风车

飞机掠过蓝色的衣衫
风吹拂着风的楼梯

现在，你将从飓风中出去
从大山磅礴的呼啸中出去

而，湖是深邃的禅语
让路过的人，静如
一口缄默的钟

风是一根鞭子，它伸到腰身时
我就用它锤打
我沧桑的头颅和数不清的痛

风是一条河流，它漫到我胸口时
我就用它来搏击
我词的意志和语的荆棘

风是一首歌，它轻快时
我用它来清洗我的残疾
和伤口

这世界突然远离
像寺院坪一样高高挺拔

我在高高的山岗，再次唤出
羊群和云朵，唤出
明和天

最黑的夜，闪电穿透重庆的心脏

最黑的夜，闪电穿透重庆的心脏

这里，一个符号，仿佛
一个永远，悬挂在
我诗歌化石的反光里

只有在此刻，那里
我们的灵魂还站立着

他在歌唱，他在歌唱，歌唱
走到我身边的人儿

五月，歌声带着海拔
风吹过风的楼梯

时间之舵指向正南，花蕊的红被甜蜜揉碎的夜砸醒

那依然的静，干净的，空空如也

听吧，爱的枝条
升起，跌落

这一切，不可思议

那马蹄，以风的姿势抵达

一万种语言的风，被一万里
湛蓝的星辉加持
挤进海水的根部

一枚带着神秘符号的活化石
从天上，遗落人间

里面，甲骨文反着爱的光
像箭穿过重庆的腹部

荒原，风是一匹骏马
以太阳的眼神追寻月亮的女儿

这个夏天，江小白早已泛滥成河
我仿佛听见万马奔腾，顺落日黄昏呼啸而过
拂过芍药、鸽子花、蓝盆花、野罂粟、格桑花
甜蜜的唇语

这花香里的哒哒声，却怎么也填不满
冰川走过的峡谷

而这一切，不可思议
不可言说

五　月

第一眼，天空就认出了我

语出如雪，笑靥如山

齿牙吐慧，积雪漫漫

三千青丝，像三千光芒的诗

湖水，春天敞亮

柳枝，依然晴朗

雨一直下，仿佛瓷的传说

像磁，像燕，从口语传递到笔的枝条

笔芯很红，像太阳初生的婴儿生满金色绒毛

玻璃雾穿过

我的蓝色海军衫荡漾着欢愉和词语

从时间的指缝滑向霹雳

霹雳很大，指缝很小

爱情很亮，回忆很暗

我的五月骏马来了，亲爱，别碰我的马鞭

别碰我的黑发，我要深深地

感谢明月，从今做个没有阴影的人

我要在信风中竖起微硬的衣领

拽紧一朵花的信仰

我仿佛听到大海的声音

我仿佛听到大海的声音，在山楂树的小镇

找寻那乌黑的青丝

我仿佛看到岸的王者

搅起山最深的狂澜

在流星雨的夜空深情俯视

重庆的眼睫

穿过蓝蓝的星辰

我继续行进在寂静的小树林

一只鸟独坐月下的葡萄架

一只鸟裹挟着上古的活化石符号

在萤火虫如玉的微光里

在一对鸟明亮的对偶里

倾听一生的铿锵

在大海里摇曳

在大海里摇曳
我不想触到海的边缘，海的毛发
我不想触到海的平静，海的沙滩
我愿触到海埋藏千年的痛

星星是我的灯盏，海浪是我的心花
风帆是我的恋人，海水是我的雨露
海岛是我的好兄弟，海鸥是我的好妹妹
指南针是我的眼睛，海岸线是我的骨骼

每一次启航，我都携带着
太阳和月亮

每一次狂澜，我都像一口钟
像帆，在浪的陡峭处
迎头而上

然后，归于宁静

蜂　蜜

它金黄软绵，饱含花青素

我要说的是，蜂蜜

花的前世今生，浇灌你

经过蜜蜂的唇齿、唾液

经过风霜的千锤百炼，经过劳动的双手

人们从野外，从风霜收割了你

当一只小勺从金黄的罐子里取出它

你像一缕缕灿烂的金线，滴落，晕开

细浓，黏稠

很快，成为水的一部分

和风细雨般地浇灌着

我的骨头，我的血液，我的河流

我的散步，我的倾听，我的沉思

哦，如此沉醉

如此迷人

鸟

没有一只鸟

不是孤独的

它们从生下来

再也回不到母体

迁徙，流浪

那些母亲和母亲的母亲是眼巴巴的

照见它们灵魂的眼睛是眼巴巴的

它们走出故乡的故乡

的第一道门

也是

那回声多柔美

星星落下银子般的衣衫，像群闪烁的孩子
此刻，她进入乌江。此刻，她完全进入倒影
鱼儿侧身，倾听
江水托起它的顽皮
对着青山那影，照镜子微笑
水边，一位白皙的姑娘
挽着薄薄的云雾
哼着夜曲，低头浣洗
一只小鸟静静地伫立枝头，生怕惊动了眼前
你听，那回声
多柔美

我已不敢再歌唱八月

我已不敢再歌唱八月

我害怕那些涂抹蜜的词语

恐惧一匹疯狂的马

我窒息于闪电的呼啸，以及嚼出血诗的乌江

深夜，从一首诗的出口

把活化石的一声叹息埋藏进玫瑰色的花语

我要守住云朵，等白色的月亮白出来

以草原这根辽阔的鞭子，鞭打

一切陈词滥调

侵犯那神圣的名词和动词

草原，不落的春天

天空很嫩，仿佛可以挤出水来
我跟梦中的若尔盖草原做了一天朋友
突然，笛声起伏
马背上，牧羊人赶着乳白色的云朵
马蹄声声，云雀啁啾
溪水浅浅，野花点点
碎了炊烟，壮了牧歌
这磅礴的草原啊，是不落的春天
染绿了牧场，还是牧场染绿了不落的春天

出　口

我在深山

努力寻找出口

沿着白云悠悠的脚步

我是谁，究竟要去哪里

千万里，千万次

蜂和蜜反复叠加

投石和问路

是另一方面

某些事物充满残酷

而你，依然踏着云朵的步伐

寻找最后的出口

当万物沉寂

荷塘，月色
两个我，两种心境

和春天一起，凝视着夜明亮的残缺
星星，像花朵盛开在茫茫天河
闪闪的

风呼呼吹过庭院
用全部的表情表示着惆怅

大地像憨然熟睡的婴儿
当万物沉寂

你可以闭上眼，或许
你能听到春天的回声
而这条连续的线

把春和秋结在一起
把至和爱结在一起

给傅天琳老师

老师，我看见了晶莹的事物
泛着精神的光

离开的瞬间，你
睫毛上挂着晶莹的微笑
那是激动的泪花花
来自灵魂

你步履蹒跚，踩着有些古老的小碎步
那满是皱纹的手，保留着一种温度

你的一头银丝，充满诗语
你的语言，像春蚕般
柔软而细腻

坐在你身旁
仿佛坐在果园，坐在春天
坐在一首诗中间
仿佛，过了五百年

我像获得

神秘礼物的孩子

像树根般牢牢扎根大地

我像少女一样

我像少女一样，把耳朵
伸进森林的第一乐章
我在被暖阳拍打的甜蜜里
我比春风更快地进入春天
像花骨朵在枝头幸福打坐

我像少女一样，把十个脚趾
伸进春天的海洋
我在被春雷惊醒的晨
我比花儿更灿烂地堆积红晕
在荒芜的日子
耕耘苍茫

我像少女一样，把词语
写满神秘的苍穹
我比燕子更快地飞回南方
在新年的篱笆边
播下种子和希望

春雨纷纷
像湖水潮湿的心

这场雪

你是否看见，它铺满无垠的旷野
你是否看见，它翩翩踏歌
像鹅毛，像棉絮
世界因它而生动，田野因它而美丽
高山因它而温柔，河流因它而凝固
当它融入大地，生命便骤然升华
它是有精神的，我以为
这场雪，等了我整整二十年
你是否看见，它的晶莹
某些事物遇上它，便黯然失色
它是纯粹的，纯洁的
稍纵即逝，刹那永恒

当你默默看我的时候

告诉我好吗，如今不再哭泣
你已为沧桑织入鲜活的文字
心房，跳动起前所未有的黎明
如今，看见世界是圆圆的
无与伦比，像一轮初升的太阳
那满是鲜花的庭院，爱人的笑靥
伟大的黎明，像爱的摇篮
挂在我的小日子，我的天空
当你默默看我的时候

我需要

两手空空，而非满满

在纷繁的事物中

我试着看清，实质与内部

我不需要

无谓的追逐

冬天处处都是阳光啊

大地裸露的皮肤，松树抖擞的伟岸

收割后的田野，苍茫无边

我不需要

喧哗，事实上

我需要某种孤独，彻底地

填满小小的身体

在广阔田野，像采茶一样

细细采集，人类与自然的甜蜜馈赠

如此奇妙，如此伟大

其中一棵树叫尼采

即使所有人跨年去了
空空的楼，也不觉得孤单

比如黄昏，不过是翻开星星
崭新的一页，与你很相似

人们总是为生活奔波，或者
为某些热爱所拜倒

窗外，棕树沉默
其中一棵树叫尼采、阿莱格雷……

这树啊，怎么读
也读不完

痛　饮

黎明蹦出来
蹚过山，蹚过海
打开东方镀银的心跳

鸟们唤醒耳朵，云朵
还在古代，痛饮
历史与文明淬炼的汁液
太阳之神递来神话
照得人间烟火通明

明天，我依然
痛饮在这微小里
这让我内心无比喜悦

我从未感到

我从未感到死亡摇荡得更加恐怖
也从未感到出生比昨天更小
精神的波涛像浪花般喜悦
行进在生命的海洋
我更甜蜜的是

乘风破浪，乘上想象的翅膀
向小溪，向河流，向大海
那是一种信仰，无与伦比
即使，风浪打破船舱
我也知道我的
幸福

给自己

愿你已知足，如今是否活着
且让她在大地鲜活
你已在春秋之网
编织余生

即使，你是手术刀的遇难者
或完结于普希金的路下
你供养了我，灵魂
像树一样生长

当你认出我，依然
服从精神的召唤
浪迹天涯

活在这珍贵的人间
鸟儿啁啾，天空温柔

致光明村

敞亮的村口，写着
光明村

田野，蜜柑，白菜，花菜
铺天盖地，安安静静地
投影涪陵的心尖

听我说完，钻进大棚
采摘新事物，捧着它们
仿佛捧着科创+绿色
捧着振兴+乡村

那被称为村落的
黑白相间，整整齐齐
坐落在光明中央
古朴得近乎纯粹

喑哑的天空，袅袅炊烟
细雨沙、沙沙沙
然后空灵

当诵读
跃动在丰盈的大地
幸福也令人陶醉

此刻，我只想屏住呼吸
或弯腰，触摸生命
拔节的力量

你，如今不记得
从一个城市跋山涉水
从涪陵，从乌江，从泥土中
返回，去发现新
发现美

挂在枝头的词语

春暖花开的季节
我想谈雪花的轰轰烈烈

谈笔记的红、黑、蓝
像词语的春天，潜伏着可能

谈湖畔的水天一色
谈大海、小溪与森林

谈李白当年遗失的诗句
多年以后出土，该是怎样不朽的神话

谈蓝色的往事，蓝色的心情
到底，蓝到了什么深度

谈正午的阳光，谈一粒花生
在荚里躺了多久，终于
为爱破土而出

谈思想的云朵，谈挂在枝头的词语
何时落入春天的诗行

后 来

最初，我停留在故乡的子宫里

夜幕降临
母亲在昏暗的灯光下
细细缝着千层底
犹如缝补那些苦难与爱情

近处，捧着报刊的父亲
依然书生模样，英俊的轮廓
成为那个年代的美谈

后来，祖屋
一个新生命，像神秘事件降临

时光的巷陌，一条奔腾的河流
静默

就这样

深夜，信步走进书房
翻开一本书

封底，雪花纷纷扬扬
我将它靠近心跳
听它的声音

仿佛捧着一碗热气腾腾的鸡汤
仿佛捧着一杯新鲜的蜜汁

许许多多标注的记号
直的，弯的，蓝的，黑的
我明白它的存在
它的意义

我取出某些精华，剪去
某些多余，彻头彻尾地悟
然后，让它们安坐
思想的中央

就这样，快乐的

就这样，虚无的

麻　雀

谁在以歌声为剑，劈开沉睡的大地

茫茫苍穹，时间孤独如钩

已很久没有圆过

唯有那个宋朝的书院，朗朗一片

乌江看见，麻雀

如同一群欢快的歌唱家

用歌声中的爱

把日落叫到西山，把黎明叫得亮堂

叫到地老天荒

凌晨三点半

凌晨三点半，白天睡了

植物睡了，连夜莺和知了也睡了

白昼之外，失眠

正夜以继日

绞杀着你

站立，坐着，躺下

变幻的姿势翻来覆去，数绵羊

裂解一千次昏沉的肉身

我试着关闭梦魇

飘浮在路上，在门口，或者头发里

一只困顿的小鸟

把夜赶向夜

我黑发的住地啊

任由它处置和捆杀

如此就好

直到蜜蜂进入我的王国

我只考虑最朴素的道理

一旦黑夜破土而出

白昼就显得多么重要

一旦爱情占领领土

你就不想有任何意外

无论今天，明天

如此就好

美好正降临头上

某些事物，你可能
无法看见，但能想象它们

比如北极的风，赤道的光
南极的企鹅，非洲的大象
它会给你别样的快乐

天湖的气温比同城低两度
蚯蚓躲进美丽的小城堡，开始美好生活
蟋蟀偷偷来到人间，采集食物
青蛙追逐着鱼虾，偶尔
它会跃起来，像快乐的小王子

向日葵昂首，到底
它有多流连蓝天白云

廊桥，一群飞鸟落下
对湖歌唱，大概是在
说着自己的语言
它的王国

我喜欢敞开思想

插上飞翔的翅膀，乘坐通感

或许，美好正降临头上

寺院坪

蔚蓝的天空像一幅巨大的油画
挂在世界的屋顶

大风车像一个旋转的陀螺
飓风似要吹翻整个山头

山坡，燃烧着平静和欢愉
植物随风弯腰

硕大的烟叶，飞鸟
燃烧着最美的夏天

某些事物流落深山
某些事物越发清晰

描　摹

我虔诚地描摹

绣满你灵魂与生命的向日葵

如匍匐在路上的朝圣者

额头磕出了岁月的皱纹

膝盖磨破了火焰的边角

手指也被时间的潮水

打磨出厚厚的老茧

像教堂很老很老的神父

默默地晨祷

满腹诗语的女人啊

我献给你绣满我爱的画卷

那些年

1

父亲眉目英俊
母亲决定嫁给他
两床棉被，陪嫁
他们会有一个神奇的结晶

2

父亲从红岩取一字
遂成了方圆八里
女孩的名

3

一碗豆浆，两根油条
箱子街，我们围坐小小的木桌
和圆圆的川戏
那是我童年最着迷的地方

4

我的舞蹈上了区公所最大的礼堂
背着小背篓，穿着小花裙
那是我中学时代
最幸福的事

5

从教室到寝室，你得路过操场
途中，尖利的口哨
那是我听到最刺耳的声音
每次，脸红得像苹果

6

脚步，成为识别老师的密码
有一种脚步你得防着
一出现，就会
掀起波澜

7

圆形跑道，让青春鲜活起来
脚步，铿锵有力
奔跑吧，少年

8

通常，我在古代读书
在宋朝行走
在现代生活
如果，你明白

9

我想，留在书院
或者，留给自己

涪陵石沱

1

晚霞映红了天，烘托出
夜的雏形，夕阳没入江中
与黄昏诞下月亮。石渡
静卧峡江诗意栖息
河岸，水草影影绰绰

2

天空满是星子，铺满童话
月亮终于圆了，完整地露出她的模样
圆了一百零二平方公里土地和
三万四千父老乡亲圆圆的梦

3

红红的中国结，穿街走巷
传递着吉祥与中国梦

映得小镇脸蛋儿红扑扑

像镶嵌在江边的

一枚红苹果

4

岁月，如字刻入骨头

一座千年古城的消失，正是

一座希望之城的崛起

5

一群白鹭凌空向南

掠过黄草峡、五堡山，天生月亮

掠过老鹰岩、天仙岩，从云门古道

匆匆赶回南海洞仙。回家

是他们，也是我们

永恒的路

6

秧歌队、锣鼓队、坝坝舞

幸福石沱跳起来

文化广场、乡情馆盛满

古老和文明

7

我们迈着虔诚的步伐
像一群考古专家，行走和观察
直抵灵魂苍穹，仿佛
要探索出惊天的
秘密

8

清晨的梨香溪，薄雾蜿蜒
像一条美丽的玉带，仙子般绕过膝下
我们坐在筏上
荡起爱情的双桨
哼着古涪州，李白
难道你也醉了？

9

沿岸，草木萋萋，山水湖库
蜜柑、脆李、梨与蔬菜
丰盈着田野和四季

马良正以闪电的速度
勾勒出一幅壮丽的
石沱山居图

10

青山断处，我看见
朝阳冉冉升起，砦耸云中
青青如黛，一缕缕青苔
爬上高高的城墙。而题刻
是寨骨头里的事物
生长着古老的故事
飞鸟儿翻越千仞
歌唱着巴渝，歌唱着
我和我的祖国

11

年轻的大地，繁衍生息着
世世代代的宛平子民。石头
宋朝或明清的，砌成
古城墙、古梯、古灶
巨石，到底
从何而来，如何落脚

成了我们至今未解的谜

12

古老的黄桷树啊，我深深地
仰望着你。愿你不老，福祉黎民
创造荣耀，寨门

13

像门神一样，年复一年
守护着一方平安，守护着
青青土地，欲语还休
诉说着涪陵故事

14

林中，依稀可见
残缺的石刻，斑驳的树叶
落进你的眼眶，却
怎么也掩映不了他的厚重
他的底蕴

15

是啊！古寨

到底遗失多少石头，多少事物

到底埋藏多少秘密，多少故事

我们不得而知。然而

16

他的精神和文明

像种子般永远扎根大地

扎根峡江石渡，巴首名区

扎根石沱和石沱人民的心中

17

小镇啊！今天

我要用我的赤子之心膜拜你的文明

我要用我的镜头定格你的模样

我要用我的呼吸感受你的心跳

我要用我的血肉紧裹你的骨骼

我要用我的澎湃触摸你的灵魂

我要用我的画笔描摹你的风骨

我要用我的黑夜追寻你的光芒
然而，你永远是我
追寻不完的
一束光

18

阳光倾斜，河流安静的手
轻轻合拢，时间轻轻流走
又匆匆

19

蓝色的诗行点缀其中
词语像考古的工具，惊醒
沉睡的骨头

20

一首诗，以其特有的形式
悄然打开小镇的一颗心
深情款款，波澜壮阔
给小镇，给人们
带回黎明和
一条路

弹子石老街

1

隐约，天空
有些暗，有些红
从黄昏侧身而出，我想乘着
一身夜色，用唇语
默读佩索阿

2

时间之网啊，早已打满四月的补丁
等待我用一双词语之手
去细细缝补

3

弹子石老街，宜宾燃面
芽菜、碎花生粒是它的核心
搅拌，再搅拌

像吃韩式拌饭，我把
过程一同消化
这个时候，我是一位
认真的美学家

4

今夜，没有星星
我掏出一支笔
写下一行字
我发现，这些字散发出疑问
我把它收集，慢慢破译

5

第一个出现的是例外，大地之马
第二个出现的是逆风歌
第三个出现的是
头发有些蓬松，背有点驼的先生
还有铃子姐姐，和她美美的长发
我们莞尔一笑，想说的话就这样
含在里面
文学正在对话，给微凉的夜
添加了炭，生起了火

很快，落日
带走了一条河流

6

你见过绘有昆虫的 T 恤吗，我见过
那是一个多细风的夜晚
一只瓢虫从口袋伸出两只触角
背着圆圆的小太阳
从森林里出来
究竟为什么，它会吸引我
我试图找到答案
或许，越简单
越自然

7

刚落座，其实不是我
是载着远方的小马
还好，没有落下
小小的笔记本，几行滚烫的字：
你只为诗歌而生——
听吧，亲爱的孩子

8

夜色，词语在我的枕边喝水
脱下面具和我休憩——我感到
它们是我的骨肉
一对对词语喝饱了就呓语
它们一道发现了
我的失眠，和我
头颅里的伤

9

从一扇门进去，书
打开了我的窗，我的世界
夜深，我想关上窗
一盏昏暗的灯
摸着我的头说：
睡吧，亲爱的孩子

卷三

远方呼啸而来

来山里吧

1

小镇的夜色，比小镇更神秘，更迷人
小狗像放风一样，欢快得像个孩子
苍穹抱走白天，银杏在灯下更加金黄

听诗的女孩，散步若有若无
在为你读诗的海洋沦陷

那里，有一条没有止境的隧道
那里，有一方铺满音乐与云朵的诗魂
那里，有一块等待采撷的土壤

2

如果，想念
也是细长的，像水流
炽热的，像夏日燃烧的太阳

当音乐再次响起

有脚步如约守望，在金色的小径

在无与伦比的时光里

3

松林肯定知道，这是暖阳

现在正是冬天，松针舒展久违的眉头

它们，相互微笑，致意，会心地

围绕着风铃

笔直的脊梁，微微迟钝的嗅觉

与绣球一起，安享幸福的阳光

又是深冬，这么多松毛落叶

好像预感到，早来的凛冽

4

再见，是的

你在人间关闭了二十年

当孤独爱上心脏

白昼或黑夜，像布满

密密麻麻的文字

趣味而营养

如此奇妙，引领着灵魂只身向前
有野兽，有塌陷
欲罢不能，那是
一座矿，需要亲手开采

人生啊，多么丰富

5

我想是矿里的一枚石头，或山涧的一棵树
在春来春去的洪流中，拥有
生命与自然的意义

你储备那么多粮食，只为渡劫
在某些事物上，我习惯穷理
像程颐在青灯下默默挥毫
擦亮黑夜

6

如果，你到了山里
有双手拽着你，紧紧地

山腰，极目远眺
山与城分得清清楚楚

茶香，禅意，浑然不知所觉
更深露重，呼呼的风
回声重重

7

来山里吧，来山里吧

空　空

可以东门进寺，可以西门出庙
无常无我，两手空空

可以采菊东篱下，可以登高望明月
高楼目尽，梧桐树上潇潇雨

可以独上西楼，可以顺流而下
放下，暮鼓为谁鸣

借一片白云，直上云霄，把酒问青天
借一腹诗书，快马加鞭，直上古长安

佛啊，请渡我一程
不问茱萸，只问灵魂
不问寒门，只问前方

佛啊，请护我一程
我有葫芦，不装悲观只装天

我有微笔，不写谎言
只写江山和百姓

雪正浓

我要感谢你

因为，一颗流星划过头顶

因为，街巷的一个少数花园

献给文字数不清的猎人

因为，一万五千米的跋涉献给你

一片诗的枫林，比稻穗更金黄

比春天更磅礴

因为，草枯了，雪声里还流出

琥珀般的晶莹

我清醒在寒夜里

而雪正浓

家　书

"那时候，车，马，邮件很慢，一生只爱一个人"

见字如面，当家书飞出八十年代
迫不及待地等待
出现一个人的名字

邮局，相距三十分钟
赶集，父亲最快乐的事
是去那条窄窄的街巷
守望一面斑驳的墙

握着书信的父亲，像怀揣信物
回家，用眼神细心地拆开
这个过程，如神圣的仪式
足够回忆一生

歌声飞扬的礼堂，好看的信纸
楷体，漂亮的笔迹
黄色的牛皮纸，小小的邮票
像档案一样复古

今天，我对每一封手写的家书

郑重喊一声"爸爸"

对每个手写的"此致"

说声"再见"

我要告诉您母亲

我的母亲，摔倒了，又摔倒了
听到这个消息，那年
从肖家湾
那是一个多冰凌的冬天
我的母亲，小小的
用满是故事的手
垒过新房，唤过春天
肩上，打满禾苗的霜
发上，沾满皂角的香
我的母亲，很小，很矮
满坡的蔬菜承包了生活的香
布鞋成为很有年代感的事物
我的母亲越来越老了，脸上
爬满了厚厚的风霜
苦难复苦难，滋养着我们的肉身
母亲步履蹒跚
沙坪坝是她的根据地，父亲是她的小跟班
舞蹈是她的小舞台
我要告诉您母亲：
别再摔倒了

灵魂充满了种子

春天，喷薄而出

大地镶满绿色的记号

杜鹃吐出绢绢嫩芽，铜钱草冒出明亮的水面

海棠火焰般地燃烧，梨花淡淡地开

小叶榕温柔地触摸风的指尖

村庄，小溪，星辰

有生机深藏，把盎然叫得响亮

桃花，迎春花，雏菊，还有

欢唱的鸟们，铸成

伟大的春之歌

一个女人专注于它们

灵魂充满了种子

我宁愿把黑黑的长发剃光

医院，虚度时光

亲爱，我多么想

过渡到日历的东方

我独自来到海上

漂泊，我的语言只有海鸥能听到

我的呐喊只有海水能嗅到

我的撕心裂肺只有海风眼睁睁看着

我使出浑身力气逃跑，拼命逃出孤岛

而，孤岛连着孤岛

等我劈风斩浪

当我逃到人群簇拥的城市

医院被大门锁了起来，铁链一条锁住一条

路过的春天，与我无关

我对着一个树洞，把心掏出来

我对着一个树洞，把肝掏出来

说出我

救救我，救救我吧

我宁愿把黑黑的长发剃光

我要用水晶一样的文字去感谢

谁能知道我头颅的一块骨头里
暗藏着垂死挣扎
加千疮万孔

谁能看清我睡意的瓷上
雕刻着失眠的青花

谁能走进会痛的黄昏
偷走血色落日余辉

谁能站在爱情的根须上
春天般呼吸

谁能从青花瓷上
闪电般地把我拯救

我要用水晶一样的文字，神奇的
文字去感谢，将我
放回黑夜的人

纯　粹

语言是个神性的怪物

无声，有声

互相抚慰，互相治愈

我以田野为行，以河流为列

以有形赋无形，以新形赋旧形

以语言的舞蹈为田

以汉语为符号

中间，爱情白头偕老

活着不必悲观

死亡不必绝望

躬　耕

躬耕，穿迷彩服的女人

握着一把铁锹

像握着一粒珍贵的种子

一行行，一排排

连同根须与沉默，整整齐齐埋进泥土

蚯蚓不再孤单，泥土不再一片空白

移苗，打窝，栽植，施肥

每一个动作，像一个希望

从认真的双手，从风的眼睫

滑进春天奔腾的音符

走进孤独

长江长如人生，河流弯如钩月
宽阔的河床，撑起
平湖，大海

神女峰，如早来的春天
数九也休能淹没她的神韵

千帆过尽，有笛声余音袅袅
有浪花前仆后继，细说当年的太白
为何如此沉醉诗酒

巫山，红叶深陷爱情
如你爱上文字后，带着诗歌
圣洁的光环，取一滴生活的墨
书写草和云

亲爱，我要走出去
走进山河万里，走进
一条崭新的河流

它们是失散多年的一个个我

等待拯救

侧身意外到下一页

逆风歌在面前

白壁在身后

捧着它，仿佛捧着一杯醇香的焦糖卡布奇诺

信手翻开，一枚鸟蛋

空壳，我怕弄疼了它

轻轻，侧身意外到

下一页

一名画家

老街，高楼之外

渡船还亮着灯火

朝天门，大剧院与我默默对视

一束光

潜伏在波光粼粼之中

我等待收集它的尾音

这个角度，我是一名画家

正手执画板，描摹

崭新的清晨

声　音

夜吞没了鲜活的呼吸，吞没了风的呜咽

楼下，有婴儿使劲哭泣

夜色中，成为巨大的回声

甜蜜的，喑哑的

越来越近，越来越近

看不见的房间虚掩着

迎接，某些

小苦难，小忧伤

来自生死

听 风

风铃轻轻摇曳，松涛是徐徐上移的低音符

不疾不徐，浑厚深沉

由长江缓缓上移

我们围坐落叶，听风

囊括这天籁余音

当风遇上松枝上的铃，撞击出

干净而空旷的金属音

有如很小的晨钟暮鼓

破空远去，像漩涡

一圈一圈绕进美丽的云朵，辽阔的天际

从左耳，我要告诉你朋友

我只有左耳

架起一条神秘通道

这不正是你寻找的吗

哦，共鸣

听长江聊天

当我伫立步行街，那地方满是温情
圆形的建筑物，有龙盘绕
空旷的广场，一棵参天黄桷树
古老得像九龙坡的牙齿，像
一位久违的朋友，静静等待
我是那个角落的人啊
虔诚地，听长江聊天
思想，一生奔流
并囊括某些
小事物
浇灌我年轻的河流
而后，抖抖灰尘
在乌江，在田野
地老天荒地写

三月反反复复阅读我

三月反反复复阅读我

空气中，散发着爱的味道

风的温度上升，请不要说话

我需要孤独，彻底的

兼具灵性的小事物

在郁金香花开的田野

在孕育繁星旳村庄

不需要伪装

人们仿佛被喧嚣戴上面具

我褪去厚厚的二月

风的元素渐渐化身为

春风和希望

思　索

白天，我坐在办公室思索
直到日落。词语
是思索的一部分
客观是思索的另一部分
鸟鸣唤回我的青春
听吧，青春欢喜歌唱
迎着一条河流，澎湃的
哦，我不能把青春
延迟到黄昏
也不能把黄昏
提前到正午
我只能毅然拎着当下
拎着自己
向前

起　航

我向着总结航行，我有自己的荒原
文字是我的肩膀
也有尼采的模样
纯粹，饱满

我的工作离不开文字，并随身携带笔记
漂泊，孤独与沉思
直到世界反映了最深层的灵魂
到当你老了
带着海水咸咸的味道

我的船上充满幻想与戏剧
思想有如驰骋千万想象
大海，岛屿，山川，田野，飞鸟，蓝天
以及勤劳智慧的人民
是我诗歌的原点
更是，第二条道路

我的家在渝东南
那里神奇涪陵，飘香榨菜

乌江轻轻流淌它的脚下
起风时，想念千里之外
我的孩子

天亮，我们起航吧

在南山

或许，五百年前
山就收留了我的今生
我的来世，连同我的暮年

院子，适合
听风，品茗，码字

山脚，是分界线
一只手，拉开城乡

跨界，进山
请住下来，学渊明
过一次神仙似的生活

与庙堂不同，这是烟火人间
云朵，从天上跑下来和我相爱
看吧，我的晚年
和我多么美丽的面庞

松果，蘑菇，小草，山花

小狗，青蛙，蟋蟀

是围绕我们的

七个小矮人

亲爱，我们翻翻土，种种菜

种种自己，也种种

空吧

一方面

书院，灯笼花哗啦啦地开

漫过春天的枝条

有人，从黄昏获得落日

有人，从乌江获得出口

有人，从汉字的钟声获得治愈

有人，从北纬三十度获得神秘

有人，从北岩获得钩深致远，获得天地文章

我喜欢坐在书院，看字里的红太阳

如何漫过河流的胸口

一些心跳轻轻打在落日宣纸

一些回声来自武陵裂谷

柴米，是一方面

诗话，是另一方面

平行滑过我的小日子

小山坡

死后，请把我葬在
爱情开花的地方
青草为伴，故土相依
以留白为墓碑，以诗魂为陪葬
简单得没有任何记号
坟上，一棵红豆为我红装
左手，是我的爱人
请把我的诗集一同埋进
我们的坟墓
上面，有我的楷体亲笔：
青青子衿，悠悠我心
满山，金黄的野菊花
正如你的姓氏——金
风一吹，花朵轻轻摇曳
香遍我的小山坡

绘画乡愁

孩子，我们去故乡绘画乡愁，好吗？

从惠民落笔，到马武收尾

你画出的乡愁

一丛一丛形成了松林

一纵一横形成了阡陌

一波一波形成了稻浪

一层一层形成了远山

一折一弯钩，形成了溪流

一撇一捺，形成了血浓于水

而我，是溪边的一朵浪花

从少年流向异乡，流向大海

中间，一根线紧紧拽着我，像风筝

我在这头，你在那头

远方呼啸而来

踏着初雪，踏着诗的腾云
踏着诗经里的月色
踏着庄子的某些神性

我有一个好听的名字——山居花园
花园去哪儿了？
我不知道，文字却
起伏着香

老藤，暮光中
青石板，石阶
纵横交错，坡坡坎坎

我像一名学生
聆听，笔记，思索
从微观，宏观，到神性
从精神，哲学，到人性

我看见，一列长长的火车
呼啸而来，载着我
路过我的全世界

我是大地最忠实的读者

请站在春天的正面阅读

一只蚂蚁搬家的速度很慢，但执着

请把笔墨铺展在大地之上，疾苦之上，悲悯之上

练习节奏与修辞，创新与手法

挖掘某些细与微

最好，具有唯一性

我的生命在阅读中行进

我是大地最忠实的读者

秋天，正好第九十页

我的世界有时红，有时暗

更多的时候是

虚无

我看见新年的波涛

我看见新年的波涛，翻涌如潮
崭新如刚出炉的今天
那里，铺满了气势
草长莺飞，疯长
我蓝色的诗行

波涛哈欠，伸腰，旋转
回眸，太阳赤脚
踏浪，那沙滩上
许许多多的蝴蝶闪耀
哦，那不正是它用灵动的翅膀
舞动春天的序曲吗

稿纸在一天天变旧

今天，在一天天变新，变大
正如星星洗涤过的天空，一尘不染

那时，松涛响彻
把一种冥想推向另一种冥想
把一种平静推向另一种平静

如今，稿纸在一天天变旧，变小
像品酒师的嘴唇，愈发苛刻

仿佛需要经过刀锋
切割和打磨是法则

最后留下的
都带着少许留白的阵痛

素　描

是谁出卖了
有些葛或学者样的风
我不知道

词语，接上了头
那些标记，像踩在文字上的云朵
欢喜交加

西西弗，说着诗家语，说着书生
说着笔记，说着莲

风说：从第二阶段到第三阶段
需要一条河流

风说：不要赞美平静，要读出胸藏的雷霆

原来，做一天老师
也就做了一生的老师

小　草

当你有一颗生生不息的心
或者，能长出诗田
像我，在赤道，在北极，在戈壁
在荒无人烟的沙漠里
落根

香樟，乔木几乎看不到我
我生活在影下
我的小
小于一首诗，小于一纳米
小于小的小

某些事物生而渺小，像蝼蚁
像微尘，像残枝
毫无察觉地死亡
在苍翠欲滴的清晨
低语成金黄

它们，是自己的光

上班路上

每天，我跋山涉水

路过两座桥，两条河，一座山

路过人民广场，滨江公园，涪州书院

穿过十八道弯的云海路

越过迷雾、晨曦、丛林

和一道恢弘的凯旋门

没有人和我说话，这庞大的一切

风驰电掣般

席卷我，裹挟我

呼唤我，魔法我

我仿佛听到它们开口

它们的表情，它们的姿势

我突然领悟，我贫穷得多么丰盈

我精神的领地

统领着这么多小事物

那是真的美好

春　耕

那些在雨中春耕的人

背向苍天，俯身黄土

发上沾满了风霜

身上打满了稻花的香和月亮的结

骨头里刻着：劳动人民

有些旧和新

有些质和朴

那满是茧子的手，机械地

把一棵棵禾苗种进一生

一半是劳作，一半是沉默

一半是春，一半是秋

祝我健康的鸟

祝我健康的鸟，是从异乡飞来的鸟

捎来北方的嘘寒问暖

捎来春风、菜尖与蚕豆

它们知道我的头颅

像不眠之城

一只喉咙哽咽的小鸟

躲在屋檐下喘息，咳嗽

我理解她，并祝她

早日康复，飞回

湛蓝的天空

给谭明

把一条路给诗语，把词汇给乌江的太阳和雨

把雨给梦幻与钟声，把钟声

给光芒与蝶，给从容不迫，把惊蛰

给春雨纷纷，给闪电与根须

把根须给伟大的泥土

把种子给头颅，给思想，给故乡

把身外之物褪下

把诗歌给黑夜，给灵魂，给白发苍苍

你会读到热血澎湃

读到似水年华

读到当你老了

我想逃

没有声音，没有朗诵

我想逃，逃出恐怖的病房
逃得比一只鸟，一只鱼
还要健康，还要快乐和自由

我长长的伤口灌满铅
我的翅膀淋湿成木
我的语言风干成海

亲爱，你知道我想去
蒲公英的田野，炊烟袅袅的村庄
流淌着歌声的小溪，小山坡的小树林

亲爱，你知道我想去
常春藤围绕的图书馆，青石板的小巷
知了喜欢的白鹤公园，嫩出水的天空

然后，在云朵上
以血书，写下我们

当风干了墨，黄昏贴向天边
当云白了发，黎明掀开盖头

八千里云和路啊
八千里苦难，八千里滚烫
像闪电，颤抖如诗

喜　鹊

清晨，鸟声
像雨点打在窗户、花朵的被窝
又飞向云霁初开
碰着云朵，或河流
若仙女散花般
滑翔出一道道优美的弧线

这些鸟声中，喜鹊
是最早喜爱上我耳朵的
欢快的音符，像剑
劈开白昼，劈开朝霞

落在女孩的发上、书上
像弹簧反弹出去
抛物线般抛向
我的爱

张家庙

张家庙大门
长出了长长的荒草
几棵驼了背的桂花树
像我年老的校长

繁盛时，这里
来过洋学堂的先生
出过京城的才子

那时，盅盅饭
其实就是白米饭，外加几块榨菜
木楼上，孩子们吃得津津有味
那是，少年时珍贵的事物

而今，你像一座荒芜的庄园
到底，关上了大门
却永远关不住
书生

开始和结束

午后，鸟鸣复鸟鸣

间或，几声犬吠唤醒风的午睡

一群大雁凌空向南，像花样滑冰

人形、心形或弧形

天空，神秘地蓝入一万里想象

田垄，有农夫躬耕不辍

说这是播种的好季节

他们左手握豆，右手握镐

把一粒粒种子播进春天

开始和结束，形式重复着

后面，苍山青翠，山花簇拥

我将青山放在诗行

我将青山放在诗行，我把绿水流淌在歌里

我把田野放在欢快的脚下，我把城市

放在新的一百年浪潮

我的身上，有一些江河的辽阔

我的词，有一些村庄的新

我的胸口，有一些大海的磅礴

我的家乡，有一些榨菜的香

我的裙裾上，留着少许爱情的痛

我想让一个梦连续另一个梦

一直连到旭日东升

我想让榨菜的鲜香嫩脆来自北纬三十度

我想让胭脂萝卜的红来自秋日私语的北山

我想让大米的晶莹来自龙潭坝儿的汗水

我想让油醪糟的美名来自长江上游的口形

我想让豆花的源头活水来自乌江的门户

我想让方坪茶的味蕾来自荔圃春风的味蕾

我想让龙眼的甜来自南沱的雨露

我想让菜乡结绳结出红红的中国结

我想让焦石民歌漂洋过海来看你

不要提前告诉你，太阳

脸红得只剩下心跳，像挂在树枝上

熟透的红苹果

正如鱼和水

平行或交融在各自的世界

卷四

乌　江
沉潜或上升

一条河流唤出另一条河流

我用树枝画出山峰

我用铅笔素描人生

我用行走唤出凝视与倾听

我用黄桷树唤出生命力

我用桃花唤出踏歌与春天

我用金边兰唤出孔雀开屏

我用棕树唤出一枚宋朝团扇起舞

我用一条河流唤出另一条河流

我用程朱理学唤出天地文章、钩深致远

我用一只画眉唤出村居生活

我用今天的今唤出明天的明

我用呼啸而来

唤出未来

拉拉渡

缆绳，倒影
那是拉拉渡之手，牵着时间之手

此刻，同一平面
黄昏，夕阳，小狗
挑盐的挑夫，碎花姑娘，啼哭的婴儿
背干货的老大爷，轮廓英俊的书生
水灵灵的翠翠

我埋头，思量这沉甸甸的人生
思量眼前

一些问题将从拉拉渡开始
也从拉拉渡结束

先生，你好
小翠，你好

你是坐在哪写边城
你是怎么和燕子
日落而归

我还需要

乌江，我需要
你的沉默，叠成我的沉默
我需要你的平静，带走我身上少许的刺
我需要你的胸襟，容纳我苦难的枝条
我需要你的双手，抚平我淡淡的惆怅
我需要你的峡谷，渡过我的古船
我需要你的苍翠，妆点我的画布
我需要你的心跳，呼唤我的心跳
我需要你的支流，笃定我的幻象
我需要你的源头，探究磅礴的出口
我需要你的浪花，舞一曲水云涧芭蕾
我还需要你的深化，治愈我荒原的暗疾
与花朵状的痛

乌江音乐会

你天生的好嗓子，将我们迎接

从上游，哗啦啦流淌

透过砂砾上的磨痕，透过乌鸦的口唇

透过一盏灯的缝隙，透过印象武隆的号子

透过一面生命之墙，透过心有灵犀

穿过时间之网而来，透过蓝色的羽翼而来

翻山，越岭，踏浪

幻象，就在心有猛虎里拍击着两岸

此刻，河流潜伏着一场磅礴的音乐会

类似，地球音乐会

万物的天籁

由大雁、黄雀、斑鸠、知了、燕子、牛羊

细雨、徐风、水声、汽笛组成

铺满河流，无休无止，交替上演

随着水面的上升

而上升

底 色

浅绿，深绿

似空，似阔，似超乎本身与外形

或者，乌江

就是从涪水的澄，青山的青开始的吧

这般深邃，这般神秘

从香炉山、乌蒙山、大娄山

从武陵山、雨台山

踏歌而来

坐在岸边，想青是它的底色

想险是它的魂魄

静谧，雄浑

想白云生处有人家，想两岸猿声啼不住

想轻舟已过万重山，想竹杖芒鞋轻胜马

想一蓑烟雨任平生

想着想着，连我的文字也

越发空，越发通透

你还是

牂牁江、内江水、涪陵水、延水、黔江
经先秦，唐，元
今天，人们唤你——乌江

这里，住过明媚的村庄
住过活蹦乱跳的猴子
住过从未离开大山的孩子
住过微服私访的皇帝
住过黄山谷、长孙无忌、程颐

你是长江上最大的一只鸟
足足长过千里

你是，中国版图上最蜿蜒的一条龙
从花鱼洞露出真身
诞下庞大家族

你是，画笔心仪的爱人
整日为你描摹，为你着墨

你是，诗人惊鸿一瞥的那一行
留下千古绝唱

你是，乌鸦初恋的地方
你是，女人和男人们喝的甘露

你是，一支笔灵魂栖身之所
你还是，酝酿我词语
最初的源头

黔水澄清

天空，像丝绸般一尘不染
间或，几朵白云飘过

黔水澄清，青青若黛
一叶扁舟，穿梭其中
若画，若影

一条条波浪，一笔划开
像一尾扇形的鱼
波纹是它的鳞片，阳光
是它的衣衫

这鱼啊，是你的化身
又或者，前仆后继

游出了最美的姿势
游出了铿锵的气魄

一条河流的生死

深绿，浅绿

弯弯的绿，磅礴的绿，路过青青画廊

岸边，有白翁垂钓，叼着旱烟

或者，他钓的根本不是鱼

而是淡然，从容

停车，驻足

我与山花踏歌，与一群小鸟歌唱

其间，有我积蓄一冬的作曲

我让鱼儿回到溪水的呼唤

我让春雨、空山、油菜花的田野

湛蓝的天空，放风筝的小女孩，或者

旭日星辰出现

我的作词

直到九尾草的微笑，风的羽翼

送走人间四月，直到

青青河边草衰老岸边

我依然，把词语的一眶热泪

洒向春天的河流

这些事物，与一条河流

与诗有关

让我在空空的赤壁雕刻你

让我在空空的赤壁雕刻你

源头是你的父母，两岸是你的兄弟

鸟鸣是你的歌唱，山风是你的姐妹

会有雷雨来问候，会有闪电来做客

会有鱼儿来戏水，会有姑娘来浣洗

会有轻舟来过往，会有夕阳来送行

每刻一刀，都有我

赤诚的心，血红地盛开

一子三滩

我快乐的浪花将我裹挟

我奔腾的暗语对我耳语

我的平静暗藏汹涌，将我推向清醒的红日

我的激流勇进让我意气风发

我的一波三折将我的人生起起伏伏

最高的是浪尖，最低的是谷底

星子沉醉我怀里

风吹过纯洁的山风与云朵

我隐忍着刀一样的天险，一次次

以涛为钟，以浪为声

像尘埃，存活下来

奔腾不息

我的一天

我的一天都在听雨

我的一天都在青春

我的一天都很少女

我的一天都在编织画廊的金边

我的一天都在和联想虚度

我的一天都在安放可能或者不可能

我的一天都在峡谷里行走

我的一天都在和青山造句

我的一天都在乌江的云朵上飞行

深　沉

深山，晚风的尾音深沉，群山深沉

铜墙铁壁深沉，乌江深沉

天坑深沉，地缝深沉

武陵的深秋流淌着深沉

溪水潺潺，乌鸦悲鸣

晚霞恢恢，渡口嘹亮

一只鸟从黄昏下去，星星

照耀它的归途

在边城

我向峡谷高喊，只有尖山给我回应

我向廊桥疾书，只有白云给我研墨

我向拉拉渡挥手，只有翠翠给我呼唤

我向城墙千年一叹，只有

盘根错节的根给我沉思

左手牵着右手，我们和黄昏说话

说到月下的角角鱼、小轩窗、古碉楼

还有神秘符号，一切都是

奇异和密码

我摊开小小的笔记

像打开自己的家门，进去

我看见

有澎湃从里面升起，有星星在字行缝补

有明月在大红灯笼里入梦

有词语在里面拔节

一行行，肩挨着肩

像磁吸附在一起

梦幻与钟声之间的时辰

梦幻与钟声之间的时辰

失眠与清醒之间的时辰

太阳和雨同生的时辰

分娩与阵痛之间的时辰

汉字与书生静坐的时辰

柴米与诗话平行的时辰

新月集与飞鸟集紧挨着的时辰

第一条道路和第二条道路之间的时辰

面瘫与忧郁之间的时辰

血管压迫与肿瘤死亡的时辰

夜晚与花朵相爱的时辰

让武陵的朝霞快快出来吧

唤醒我和我的少女

尘　埃

我是一个微不足道之人
我在空气中，墙角，马路边，深山老林
甚至，在垃圾池浮游
轻若鸿毛

我呼吸，我喘息，我驻足
梦里，不知身是空

我的惆怅是一粒尘埃
我的悲伤是一粒尘埃
我的出生是一粒尘埃
我的死亡是一粒尘埃

或者，我们都是尘埃

有一天，从时间之手
轻轻零落入泥

坐在河流深处

在河流的翅膀
挤满波纹、春色和鸟声

雨很小，但浓稠
我与晚霞的合金坐了一个黄昏
直到雨停

我看见三角梅的花香溜进文字的缝隙
我看见爱恋的水波推开蓝天的倒影，水草的叹息

一株蓝色绣球花像婀娜的少女
对我喃喃私语

我坐在渡口，坐在河流深处
等待一行诗将我裹挟

命运钢琴曲

像丝绸掠过夜空，涌向风的耳垂

涌向炉火红红的脸膛，涌向荒原的沉思

一些词从火里慢慢浮出，一些词

很快钻进里面

一些词静静睡着了，一些词还在路上

等待晨曦崭新的呼唤，等待河流白头偕老

听，命运钢琴曲

正从白昼欢喜出来

每一个词都是一个声音

每个声音都盈溢着

惊喜和感动

酉阳天书

密密麻麻，像黄豆

滚在泛黄的宣纸上

天书，面目模糊，露出沧桑的横撇

我想亲近它的轮廓，它的密码

但分明听到了大酉洞的声音

来自桃花的唇语

端详，坐下，触摸它的线条与风骨

就能感到意念

正在把它变成天机

不可道破，不可道破

正如某些疼痛，明白就好

乌江啊

像一条潜龙
蛰伏在古老而神秘的香炉山

一道闪电，你倾巢而出
化为波光粼粼

这一路啊，你兵分两路
像万里长征，途中
汇聚化屋基

分分，合合
流遍咱大西南，教科书上
名曰"天险"

漩塘、天生桥、震天洞、一子三滩
深谷水急，滩滩相连
若天上人间

后来，你的小分队越来越多，越来越多
从野纪河、金沙河、湘江、湄江、六地河

洪渡河、芙蓉江

从猫跳河、清水江、盐家河、余庆河、石阡河

唐岩河、郁江

九九归一，汇聚古涪州

这龙啊

日日夜夜行走

日日夜夜生生不息

诗歌化石

为了让我的诗歌
能在冬天的冰凌挺直脊梁
我把仅有的左耳用在
宏观的连缀与微观的掘索上

更多时候，我像一块
藏在乌江里的诗歌化石
与长江亲如骨肉
同住一间房

我们碰撞，思辨，互勉
晒着同样的太阳
喝着同样的血

有时，像孩子单纯地微笑
有时，像春风纯粹地吹拂
更多时候，无形可循

静下来的时候，我们时常相遇
如电源的两极
产生自然的磁场

一只蓝色的鸟飞走了

一只蓝色的鸟飞走了

从春天，从晚笛

背着十针刀疤，满身宋词与痛

从四月的某个午后

偌大的天空，没有一只鸟知道

它的疼痛，它的内伤，它的孤傲

江水记住了它的出口成章

云朵记住了它的悲鸣

水草记住了它黑色的泪

它飞翔的背影，或重获新生

或鹏程万里，或垂垂老矣

在岸上听雨

淅淅沥沥，雨滑落车窗
浑圆的水滴，落下，散开
消失，摄人心魄

在岸上听雨
怎么样都会踏着雨声
密密的，细细的
那情浓不得，淡不得
占领北的高地，山的星辰

我伫立，行走，奔跑
做一次雨的爱人吧

滴答，滴答
雨随我奔跑，向前

黎芝峡

当我走近，满是飞鸟
没有灰暗的痕迹
没有流泪的蜗牛，狭岸
抒发着列翠与盎然

夏天，我看见
古老的乌江，青青的画廊
爱情的活化石

现在，一切都是奇妙的
若隐若现
像相思的明月
像篝火燃亮青春

我的根魂

是的，洛江对于湘江来说小了些

是的，湘江对于乌江来说小了些

是的，乌江对于长江来说是小了些

是的，长江对于尼罗河来说是小了些

是的，武陵山对于苗岭来说遥远了些

是的，苗岭对于大娄山来说遥远了些

是的，大娄山对于梵净山来说遥远了些

是的，梵净山对于缙云山来说是遥远了些

而，我的乌江

是我的魂，我的根

马峰渡口

你像一块巨石，静卧下游

船上，摆渡者，草帽农夫

教师，学生，吃奶的婴儿，蔬菜和鸡蛋

笛声，春风，细雨

连同飞奔的快递

正同一时空移动

这一画面

在彭水，在乌江，在香树村

升华

渡口，一位皮肤黝黑的白胡子老头

叼着长长的旱烟

挑起一箩筐青菜头

颤悠悠地消失在落日中

而，这一渡啊

就是整整

两代人

与一条河流有关

这次，意念留在了肉身，留在了舞蹈

我所谓的舞蹈，与一条河流有关

活着，还有这么多美好的事物

譬如，月亮爬上窗前的山楂树

譬如，渔夫披着星辉，哼着小调收网

譬如，失眠从失眠的大海中走出

譬如，死亡从血淋淋的刀下重生

譬如，木筏和小狗从古渡口快乐回家

江水漫漫，借一缕鸟声吧

细细触摸

它的有形与无形，日常与神性

借一片白云吧，想象为梦

云水谣

整个乌江陷入沉默之中
有云雾，潜伏或上升

看得见的是脚下
看不见的是灵魂

贵州的云朵，我想，蓝得和重庆一样吧
贵州的江水，我想，绿得和下游一样吧
贵州的狭谷，我想，险得和中游一样吧

云水谣，是我一生想谱的曲
我在填词，以一支枯瘦的笔

好多羊群向它低头，好多乌鸦向它飞翔
好多蒲公英向它致敬，好多鱼群向它游去
好多花香湿润词语，好多风语遗失岸上

我以纯粹的孤独，感受这一千公里的
长途跋涉。未填完的词
还在江口

一声鸟鸣，我仿佛听见
一群鸟正在大声歌唱
我的云水谣

夜最黑的时候我蓝如蓝（组诗）

今晚，涪陵的星辉很蓝

今晚，涪陵的星辉很蓝

星子们喜欢在白昼背上集合
北斗七星、彗星、流星，从天河
从仙界赶来

荔圃春风的妃子园
被月亮银色的手掀开盖头
近处，卧着睡美人似的石鱼

今晚，白鹤梁坐在我心上
听岸上的玄音、水底的故事

这里多石头，多白鹤，多编钟敲响的巴国乐
这里少浮华，少纷争，少虚假
一小片鳞甲，就会把我挤进
元符庚辰与中流砥柱的

星辰大海

我最大的欢喜

是在作古的题刻里，把唐宋

像箭一样纵横穿越

这箭是我的枯笔，我行走的江山

此刻，鱼还在变低

云在变幻莫测地暗下去

白鹤盘旋时鸣，石鱼啊

只一眼，便望穿了千年的思念

与涪州的丰年

我在水边，像一尾鱼

继续等待捕获更多的声音

我在水边，在水的低处

让爱情的月色静静升华

看得见的是码头、舟影

看不见的是山谷、尔朱

万物，静默如谜

石鱼像古刹般静卧成

一道神话

今晚，涪陵的星辉很蓝
早已，蓝过它的白天

涪陵蓝

在一树茶花的侧面
等你的蓝色
来轻抚我浓黑的长发
来湿润我骨头的沧桑
来抹掉我纽扣上的忧伤

我想用蓝色的词语描摹
你的形状，你的脸庞
你像蓝色多瑙河的狂想
进入我文字的缝隙
那最美的地方

浅蓝，深蓝，纯蓝，这一万里的蓝啊
是我故乡的蓝
像蓝色音符赶路，翻越崇山峻岭
穿过皑皑积雪
来看湛蓝的你，炉火纯青的你

像大地最滂沱的一场
蓝色音乐雨

白云因你而生动，飞鸟因你而陶醉
狂风因你而平静，魔鬼
因你而自卑

从窗户，从庭院
蓝向前一百米，我跟着移动一百米
仿佛我也变成蓝的一部分
仿佛我也蓝得像青花瓷，蓝过神话
蓝过传说，蓝过冥想
蓝过蓝的一万平方公里，蓝得你
像我头顶的梦

蓝啊蓝，蓝得我像
一种沉默是金的蓝，永不消逝的蓝
日日向着你，晴空般靠近

多少蓝，在今夜沉默
多少蓝，在今夜成河

一身是蓝

夜色笼罩着白昼的眼睑
那丝绸般温柔，洒满星河的羽翼

在云霏初开之前，在朝霞
到来之前，在红日滚滚破空而出之前
一切蓝，都将从云层升起

这个夜晚以蓝色为主
虫鸣是蓝，雀声是蓝，火焰是蓝
湖水是蓝，烛光是蓝，心情是蓝

我在蓝色中最后找回了自己
找回了少女最初的笑靥
找回了披荆斩棘的词语，隐喻的枝条
押韵的呼吸

这让我的黑夜
刹那变得更蓝

蓝得如珠玉，蓝得更纯粹
蓝入梦乡，蓝入蓝的爱

让我在最蓝的夜里写下最美的诗

今天，我要在最蓝的夜里写下最美的诗

趁着春暖花开，趁着月色

我要以大地为纸，天空为纸

我要以羽毛为笔，鸟声为笔，乌云为墨

会有花香来注脚，会有轻风来点拨

会有海水来对照

会有蜜蜂来深嗅，会有

爱情来捶打

会有绯红来渲染，会有想象来作梯

会有闲愁来留白

因为人间四月天，我诗歌的太阳

从此高悬，每个词

春天般敞亮

图书在版编目（CIP）数据

乌江集 / 子衿著. ―武汉：长江文艺出版社，
2022. 10
　ISBN 978-7-5702-2814-0

Ⅰ. ①乌… Ⅱ. ①子… Ⅲ. ①诗集－中国－当代
Ⅳ. ①I227

中国版本图书馆CIP数据核字(2022)第123234号

乌江集
WUJIANG JI

插图摄影：周铁军

责任编辑：胡　璇　　　　　　　责任校对：毛季慧

封面设计：源画设计　　　　　　责任印制：邱　莉　　王光兴

出版：长江出版传媒 ｜ 长江文艺出版社

地址：武汉市雄楚大街268号　　　邮编：430070

发行：长江文艺出版社

http://www.cjlap.com

印刷：湖北新华印务有限公司

开本：880毫米×1230毫米　　　1/32　　印张：7.25　　插页：6页

版次：2022年10月第1版　　　　　2022年10月第1次印刷

行数：4925行

定价：58.00元
